edition suhrkamp 2436

Eine leere Wohnung, nichts als ein Schrank. Ein junger Mann tritt das Erbe seines Vaters an. Er hat ihn nicht gekannt, der Vater ist ihm so fremd und ungreifbar wie das Land, das er nur aus der Erinnerung der Kindheit kennt: Deutschland. Noch in der gleichen Nacht will er zurück, seine Vergangenheit abschließen mit der Tür, die hinter ihm ins Schloß fällt, für immer. Für seine Generation gilt: »Ihre Logik heißt Logo«, doch es hilft nichts, er muß die Blindstelle seiner Biographie ausleuchten. Wie verfertigt man sich einen Vater, wenn nicht durch die Muttersprache, die man mit ihm teilt: eine Landkarte aus Hölderlin, Kleist, Adorno, Grass, Kraftwerk. Der Vater – ein Nazi, ein Mitläufer, ein Konsensvater, ein 68er, ein Rebell oder nur ein Feigling. Warum, fragt er sich, ist »nicht da zu sein die grausamste Form der Nähe«.
Er hat keine Wahl, er muß der Unschärfe der Gesichtszüge seines Vaters begegnen durch die Schärfe seiner Vorwürfe, die sich immer mehr gegen ihn selbst richten.
Albert Ostermaier, geb. 1967, bekannt als Lyriker und Dramatiker, lebt in München.

Foto: Martin Fengel

Albert Ostermaier

VATERSPRACHE

Suhrkamp

edition suhrkamp 2436
Sonderausgabe zum 40jährigen Bestehen der edition suhrkamp 2003

Originalausgabe

Satz: Jung Crossmedia, Lahnau
Druck: Nomos Verlagsgesellschaft, Baden-Baden
Umschlag gestaltet von Werner Zegarzewski
nach einem Konzept von Willy Fleckhaus
Printed in Germany
ISBN 3-518-12436-6

1 2 3 4 5 6 – 08 07 06 05 04 03

VATERSPRACHE

es war umsonst ich
habe den schlüssel
verloren ich schlag es
aus nein ich bin bereit
dazu bin ich es
wirklich es ist alles
voller staub ich könnte
diese mücke erschlagen
dann wäre meine hand
auf dem schrank und
der staub auf meiner
hand ich ja buchen sie
den flug um ich nehme
die letzte maschine
nein ich möchte nicht
am fenster sitzen gang
ich bevorzuge den gang
egal wo nur am gang
ich werde diesen schrank
nie öffnen es war ein
fehler zu kommen was
soll dieses radio hier ich

rühre es nicht an rühre
nichts hier an nichts
hausstauballergie
mir tränen die augen
deutsche linden ich
wusste gar nicht dass
ich gegen deutsche
linden allergisch bin ich
muss mich akupunktieren
lassen wenn ich bleibe
eichenholz der verfluchte
schrank ist völlig aus
eichenholz das kann ich
nie eintreten und wenn
er selbst darin liegt ich
trete die tür ein
ich und er
fällt mir in die arme
zerfällt zu staub auf
meiner brust zu staub
und die würmer kriechen
mir unters hemd drehen
sich ins herz hinab
wo sind meine zigaretten

ja hör zu ich komme
heute nacht zurück nein
ich laufe nicht das ist
mein atem ich weiss
nicht warum ich zittre
ich steh in seiner wohnung
sie ist leer vaters wohnung
fast leer leer bis auf
einen schrank nein ich
habe keine ahnung der
notar gab mir die schlüssel
nein ich bin ganz ruhig
mich berührt das nicht ich
übergebe alles einem
anwalt soll der die
wohnung verkaufen
den schrank ich
will das geld nicht nein
ich diskutiere darüber
jetzt nicht wir reden
zuhause darüber ich
komme nein es ist kein
unfug ich komme
heute nacht noch

ob das kind noch auf der
treppe steht und lacht
seine tiefen augen als wüsste es nichts
und weiss doch alles
ich weiss nichts
der schwere honig in seinen
mundwinkeln der ball
wie er die treppe hinunter
sprang mir in die arme
und plötzlich bin ich
wieder ein kind will
die schuhe ausziehen
und losrennen auf dem
hof fenster einschlagen
zusehen wie die luftballons
am stacheldraht zerplatzen
mich in den mülltonnen
verstecken in die beete
des hausmeisters pissen
oder ich drücke
meine ganze hand
auf das klingelbrett
all die namen in einer
hand meiner

wie lebenslinien
die türen die sich öffnen
das kochende wasser in den
kochtöpfen das asthmatische
röcheln des rentners der
auf seinem plattenspieler
immer wieder dieselbe
platte abspielte dieselbe
platte immer wieder deren
hülle
er vor uns kindern hinter
der couch versteckte
versteckte wie die
abzeichen in seiner kommode
blank gerieben von seinen
knöcheln mit denen er
ständig über sie strich ich
dachte immer seine brust
müsste durchlöchert sein
von all den orden von
all den orden durchlöchert
wie er die hand hob wenn
wir ihn neckten die käfer
in seinen pantoffeln aussetzten

wie er uns beibrachte die
holzgewehre richtig an
die wange zu drücken das
ziel zu fixieren und
abzudrücken mit den
kleinen fingern abzudrücken
er hasste die rothäute und
ich wollte doch immer eine
rothaut sein mir eine feder
ins haar stecken barfuss
laufen das ohr auf den
teppichboden legen und
sie kommen hören die züge
züge aus allen himmelsrichtungen
er hatte seine schubladen voller
fahrpläne zugfahrpläne
sprach orte aus die
wir in den atlanten unserer
eltern nie fanden und die auf
unseren zungen zischten
er zwang uns zu schwören
blutsbruderschaft
nahm uns bei der ehre
statt bei der hand wenn die

gewitter näher rückten und
der hagel wie ein trommelfeuer
gegen die scheiben
dann lagen wir mit ihm unter
dem teppich und assen schokolade
er hat auch immer schokolade
gegessen im bunker berge
von schokolade der blitz
gedämpft durch den
schweren stoff um unsere
schmalen schultern und im
dunkel nur das glühen seiner
augen seine stimme horcht
durch die nacht kinder welch
ein donnerruf zu den waffen
zu den waffen kinder was die
hände blindlings raffen deutsche
meiner kinder reigen die mit
schmerz und lust geküsst in den
schoss mir kletternd steigen
unbesiegt unbesiegt deutsche
unbesiegt er liebte meinen
namen wolf es war ein
verbrechen in diesem land

ein kind zu sein wolf
ich muss die vorhänge
aufziehen vielleicht
sehe ich dann mehr vielleicht
gibt es einen zweiten schlüssel
will ich ihn wirklich öffnen
das holz blättert ab das schloss
ist zerkratzt steckte der schlüssel
die ganze zeit oder hatte er ihn
in einer schublade versteckt
unter dem teppich im gasherd
den er nie benutzte wurde die
leitung abgedreht geschlossen
muss ich die rechnung weiter
zahlen die küche ist nur ein
grundriss auf dem boden pvc
doppelte holzfenster abgesplitterte
rahmen anschlüsse stillgelegt
die telefonbuchse veraltet
gegenüber dem schrank muss
der fernseher gestanden haben
ein schwerer ohrensessel
vielleicht mit einem schutzbezug
ging er mit strassenschuhen in

sein wohnzimmer der teppich
wurde gereinigt riecht nach
chemie oder kommt der
geruch von draussen was
soll ich mit dieser wohnung
wo ist der brief ich habe
ihn doch mitgenommen ein
leeres blatt papier leer was
hätte er mir geschrieben
mein sohn das ist dein erbe
dieser schrank
hätte er das geschrieben mein
sohn oder eher lieber wolf
lieber wolf mein sohn
oder etwa lieber herr
nein er würde schreiben
mein sohn mein sohn du hast
mich nicht gekannt vielleicht
gleicht dein gesicht meinen
zügen wenn du lachst woher
will er wissen dass ich lachen
könnte lachen wenn ich
seinen brief lese die ersten
worte des vaters lachen

lachen damit ich ihm gleiche
seinen zügen mein sohn ich
war zu alt dir ein vater zu
sein länger als eine nacht
mein traum war zu fliegen
und vielleicht breitest du im
schlaf die arme aus hast in
der schule das papier gefaltet
wie ich diesen brief falte an
unbekannt meinen sohn
könnte er mir so schreiben
so vertraut oder wären es
nur ein paar hingeworfene
zeilen könnte ich dir doch das
zittern meiner lippen schreiben
die narben meiner hände als
zeilen ziehen die farbe meiner
augen wie ein siegel auf den
umschlag drücken weiter vielleicht
findest du in dem schrank
ein altes paar schuhe in denen
ich ging vielleicht noch erde
an den schuhen weil ich nicht
fliegen konnte könnte

ich denn überhaupt
deine schrift lesen wie kannst
du dir sicher sein dass ich
deutsch spreche vielleicht
hast du die sprache deines
vaters vergessen denn du
sprichst die sprache deiner
mutter ihre sprache
von mir bleibt dir
nur das land in der seele
sieh die flur
dort die zertreten unter
ihren rossen sinkt sieh den
mondstrahl in den städten
der aus der tür und fenstern
blinkt sieh das weib das mit
gewimmer ihrem todeskuss
erliegt und zum lohn beim
morgenschimmer auf den
schutt der vorstadt fliegt
deutsche deutsche eure
schande misst der sand
am meeresstrande misst
der sterne zahllos licht

misst der weite weltkreis
nicht mein sohn ich liege
wie eine landkarte
unter deiner haut
nichts als der brief des
notars in meiner hand ihr
vater ist tot wir haben ihre
adresse ermittelt sie sind
der rechtmäßige erbe der
nächste verwandte nehmen
sie das erbe an den fluch
das erbe den fluch sohn
vergib mir nicht vergib
mir nicht nur so
kannst du mich lieben ich
will dich nicht lieben
vater er hat die ganze
wohnung leer geräumt bis
auf den schrank die regale
aus den wänden gerissen die
bilder abgehängt bis auf ihren
schwarzen rand nur an den
schatten erkenne ich wie er
lebte an den druckspuren

im teppich dem geruch der
zeit
die frische farbe die nur für
eine wand reichte die nägel
die er vergass ihr rost das
namensschild der fussabstreifer
ich stand auf ihm als ich den
schlüssel suchte stand wie er
vor der tür meine schuhe in
seinen abdrücken ich habe
nie ein bild von ihm gesehen
nie
wenn ich an ihn denke denke
ich an eine landschaft warum
gelingt es mir nicht von ihm
zu träumen nur wenn ich
schlaflos liege und mir mein
herzschlag unter dem atem
fremd wird denke ich an ihn
wie ich als kind im bett nachts
mir die schatten an der wand
zu ungeheuern ausgemalt
habe wenn ich die decke über
meinen kopf zog und dachte

seine schritte seien schon in
meinem zimmer eine hand seine
zöge schon am laken nur
durch die angst erinnere
ich mich an ihn
ein erinnern ohne gesicht ohne
augen die in meinen ruhen ohne
eine hand die mich beruhigt ohne
worte in die ich mich einniste
unter denen ich mich verstecken
kann die angst mein spielplatz
war die angst die angst
dass du plötzlich vor mir stehst
wie ein spiegel den man zerschlagen
will damit das unglück einen grund
hat und jetzt was ist das was ist das
wer wer wer ist das wer
mein vater ich glaube ich
sehe meinen vater
wo
in meines geistes auge
der wäre ein weiser vater
der seinen sohn kennt du
kennst mich nicht

deinen sohn
und jetzt drücke ich dir
die augen zu hier
und greife ins leere
nie hast du mir auch nur
eine einzige frage gestellt
warum hängen an diesen wänden
keine tapeten nicht einmal
rauhfasertapeten nur die nackte
wand feucht kalt es regnet es
regnet durch die wände der
staub liegt wie unter einer
klarsichtfolie alles frisch frisch
gehalten für den ersten blick
das zimmer singt die asthma
stimme des kühlschranks
es gibt keinen kühlschrank
mehr keine tür die sich
öffnet ein fenster aus licht
die milch in der glasflasche
zwei drei tomaten etwas
aufschnitt teebutter das
insulin
seine schritte vom

kühlschrank zum küchentisch
das luftholen am fenster der
gruss in den himmel flugzeuge
wie vogelschwärme flieger
und mein sohn hättest du nicht
auch deine hand in die luft gestreckt
hand angelegt für deutschland
hättest du dein schicksal
in die hände genommen
wäre dir lieber die hand
abgefallen als
von deinem glauben
abzufallen
hätte deine hand nicht auch
abgedrückt
hätte deine handschrift
sich nicht auch verändert
in dieser zeit
ich
und wärst gelaufen gerannt geflohen
ich
hätten deine hände nicht getrennt
zwischen wertem und unwertem leben
ich

hätte sie nicht deine hand das gift
in die spritze gezogen
und in die adern gedrückt
ich
hättest du die kinder
auf deinen händen getragen
denen deine kameraden
die köpfe zerschlugen
ich
auf den bordsteinkanten
ich
bist du nicht selbst nur
eine handbreit entfernt
ich
von dem was meine hände taten
ich weiss es nicht
ich kann es nicht wissen
ich hätte angst gehabt
ich seh all das was
ich nicht beschreiben will
weil es nur umschreibt was
jenseits der sprache liegt
das unbeschreibliche
gäbe es eine sprache dafür

bliebe mein herz stehen
du hast alles
gewusst deine hände wussten
deine augen deine sprache
wusste deine arme wussten
dein herz wusste ich weiss
dass ich wie mein vater
hätte sein können
und dieses wissen ist es
das ich nie vergessen will
damit ich nicht vergessen muss
ich was ich tat was ich tue was
ich tun werde das ist meine
einzige chance dein sohn
zu sein vater ich weiss nicht
einmal wie alt du warst
als du mich
gezeugt hast ich hatte keinen
vater und hätte viele väter
haben können warst du
vater ein deutscher
hättest du selbst
angst gehabt angst vor
deutschland ich habe angst

vor dir deutschland wort
den vätern erfunden nicht
uns uns geschädigten denen
das wissen mühe macht
beim verlernen hättest du mich
erzogen antiautoritär erzogen
schrei dich frei
kotz dich aus mach
was du willst
wäre ich aufgewachsen mit
unausprechlichen worten
minima moralia maxima
culpa
marx mao macho
wäre unser wohnzimmer
ein herrschaftsfreier raum
gewesen ganz ohne kanten
und ich gegen eine wand
aus gummi gerannt gegen
ein verstehen das mich
nie verstanden hätte weil
es immer nur vorgab zu
verstehen mich zu verstehen
ich versteh dich wir sind

freunde hätte ich dich bei
deinem vornamen rufen
müssen wäre es nicht
feige gewesen mir ein
freund statt ein vater zu
sein hätte ich denn eine
chance gehabt den freund
zu verraten um den vater
zu gewinnen
dein pflichtbewusstsein
mich zu verstehen vater
was soll ich tun mach was
du willst diese toleranz
die alles aufhebt beseitigt
wärst du nicht auch der
sohn eines vaters gewesen
eines vaters des schweigens
dir ein verschweigen
der schuld war und nun
wolltest du schuldlos sein
in deinem annehmen
der schuld seiner
schuld die er nicht als schuld
begriff du machst was ich

will und die der grund
war für dich sich von ihm
zu befreien dich zu befreien
ich mach was ich will
und du hättest geschwiegen
durch reden hättest mit mir
über alles geredet mir alles
erklärt hättest auf alles eine
antwort gehabt und ich keine
einzige frage was hätte ich
machen sollen ich hätte mich
als einen feind erfunden dir
meine liebe gezeigt durch
alles was du hasst doch du
wärst schneller gewesen als
ich hättest vor mir anzüge
getragen und mir alles zu
erklären gewusst und mir
wäre nur geblieben dich in
meine luftblase zu saugen
bis wir beide platzen und
eins sind im verlust du
hättest alles gehabt den
protest und danach den

profit eine biographie
und das ende der geschichte
du hättest mich mit deinem
porsche vom flughafen
abgeholt und mir während
das verdeck sich öffnet
erklärt auch baader fuhr
porsche nur schnelle
autos nur die besten
deutsche präzisionsarbeit
ja ich weiss ihr
wart alle sympathisanten
und um ein haar wärst du
in den untergrund gegangen
wart ihr nicht alle um ein
haar um ein blondes haar
im untergrund die kämpfe
unserer generation waren
nun einmal politisch
nach den vätern
habt ihr eure söhne
auch noch gleich erledigt
gewinnmaximierung
hättet uns freigestellt weil wir

nichts als zitate sind zitate
aus eurem leben und aus
den schränken eure alten
klamotten klauben in
den plastikschalen mit
zerfetzten designerjeans
sitzen und die postmoderne
monopolisieren mit einem
mexikanischen bier in der
hand
und machen was ihr
wollt während ihr noch
wusstet wie man
molotowcocktails mixt den
benzinlappen in den hals
der bierflasche
und wir können nichts
als unsere feuerzeuge
in die luft zum himmel
strecken ihr hattet immer
die richtige gesinnung
und wer nicht
eurer gesinnung war war
von sinnen links zwo drei

ihr hattet recht
the damage is done
and it's better to burn
out than to fade away
und was hätte ich dir
antworten
können auf dein verständnis
euer terroristisches verständnis
ich versteh dich wir verstehen
dich was hätte ich was hätten
wir antworten können
here we are now entertain us
es ist alles ein spiel
und wir sind die verlierer
weil ihr uns nicht mehr
mitspielen lassen wollt
sohn
ärgere dich nicht
und wir uns vor eure
bürotürme ketten
müssten oder noch
konservativer werden als
ihr es längst seid ja vater
auch so ein vater hättest du

sein können deutschland
deine väter
das zimmer dreht sich
unter dem teppich laufen
ameisen
ich spüre sie unter meinen
sohlen kolonnen von ameisen
unter den weissen wänden
schimmel kolonien der
fäulnis ich höre die autobahn
der schall überschlägt die
stadt war da ein klopfen
an der tür ein vorsichtiges
kinderklopfen oder ich
höre nur das blut in meinen
schläfen rasen die einsamkeit
die mir stimmen erfindet
geräusche wie eine hand
auf der stirn die fehlt
vater
ich habe dich nur durch deine
abwesenheit kennengelernt
im blick meiner mutter
wenn eine geste sie

erinnerte ein wort
das nicht von ihr kam
sondern von dir
das von dir kam
nicht da zu sein ist
die grausamste form
der nähe
ich wollte mir dich vom leib
halten deine abwesenheit
jetzt ist es zu spät
ich bin gelandet im
land meines vaters und ich
werde dich suchen
und auslöschen wo
ich dich finde
wo immer ich dich finde
das ist mein fluch
dass ich dich nicht kenne
und da ich dich nicht kenne
zwingst du mich dieses
land zu sein deutschland
denn ich kenne
keine differenz zwischen ihm
diesem land deutschland

und dir vater du
bist in allem weil du
nirgends in meinem leben
warst
meinen vater zu finden musste
ich selbst mein vater werden
und alles was du bist
wer bist du ich suche
suche überall
das unbedingte und finde
nur dinge
ich stehe vor deiner tür und
begreife dass der boden
auf dem ich stehe
nicht grösser sein kann als
die zwei füsse die ihn bedecken
diese ungeduld in mir bist du
das dieser trieb über jedes
bild am himmel einen begriff
zu hängen wie einen horizont
den es auf den boden
zurückzieht und der doch
unerreichbar bleibt ich
fühle eine gewalt in mir

ohne die ich das wort
heimat nicht träumen kann
ist es nicht eine unverschämtheit
ich zu sagen angesichts all jener
die es verloren
ist das das deutsche an dir
dass du keine lüge
aussprechen konntest ohne sie
zu glauben zu glauben zu glauben
ich bin noch nicht am flughafen
nein auch nicht im taxi das
gewitter ich kann nicht nein
es ist noch zeit doch mir geht
es gut ehrlich ich bin allein
was mit meiner stimme ist
der staub
es liegt zu viel staub in der
luft du weisst meine allergie
vielleicht hat er auch katzen
gehabt ja katzen ich
melde mich wenn
ich die wohnung verlasse
mir geht es wirklich gut
vater

warum muss ich mir
ein bild von dir machen
und kann dir nicht einfach
ins gesicht schlagen
meine züge aus deinem gesicht
schlagen du zwingst mich
in ein selbstgespräch weil ich
anders nicht mit dir sprechen
kann warum gibt es hier
nichts zu trinken
ich werde bevor ich gehe in alle
ecken schiffen damit du riechst
dass ich hier war dass deine
klarheit
nichts ist als die
exponentialfunktion deines
winkeldenkens dieses ins
tote abstrahieren statt einen
apfel in die hand zu nehmen
weißt du was ein apfel ist
in ihn zu beissen ohne die
haut zuvor zu schälen und
mit dem messer die kerne zu
entfernen den stiel mit zwei

fingern in den abfall zu werfen
einfach ein apfel ein apfel
zum reinbeissen kein
elend metaphysischer
apfel kein schuldapfel
nur ein apfel ein apfel
der teppich ist scheusslich eine
einzige geschmacksverfehlung
welche möbel hattest du war
alles aus eiche eichenholz
furnier einbauschränke eine
lange tafel das bett alles eiche
welche bilder hingen an den
wänden schlachtgemälde
ein rosenstrauss blaue blumen
hattest du je blumen in deiner
wohnung hast du die kinder
auf der strasse mit meinem
namen angesprochen sie
zu dir gelockt mit einem eis
am stiel ihnen schokolade
versprochen schokolade
wenn sie dir die einkaufstüten
hochbringen hast du

ihnen zum abschied
flüchtig über die wange gestrichen
und dann vielleicht als du sie durch
deinen spion verfolgtest
tränen in den augen gehabt
hast du je geweint um mich
dir sorgen gemacht
quälten dich ängste
ich wollte mein blut austauschen
lassen als könnte ich dich so aus
meinen adern spülen und einem
fremden in den körper pumpen
damit er es ertragen muss
dieses unendliche kreisen
das das herz speist dein blut
jetzt habe ich mir in den finger
geschnitten ich blute
das ist doch lächerlich
ich blute
wo hast du eingekauft das
habe ich mich sofort
gefragt gibt es denn hier
kein pflaster wo in der
anonymität des supermarkts

am ende der strasse wo die
verlorenen auf dem parkplatz
ihre visionen in die milchtüten
kotzen oder wolltest du beim
bäcker mit deinem namen
erkannt werden
ich will alles wissen alles
hast du rosen gezüchtet
klavier gespielt
bist du auto gefahren
auf der autobahn immer auf
dem mittelstreifen hast du je
dieses land verlassen
oder waren seine
grenzen auch die umrisse
deines körpers
die kanten des sargs
in dem du verfaulst
der notar wollte mir
nicht sagen ob du dich
verbrennen hast lassen
aber ich weiss sie haben
deine asche aus einem
flugzeug gestreut ein

fallschirmspringer
hatte sie in einem plastikbeutel
in seiner hand und die winde
haben sie über das ganze
land verteilt und vielleicht trägt
dich der wind nach dem
regen durch dieses fenster auf
meine hand und ich blas dich
wie eine wimper zurück in
die luft hat dich immer
gefroren
die rippen des heizkörpers
unter dem fensterbrett das
fliessen der wärme in die
hand auf ihnen aber die
kälte bleibt konstant nur
meine einbildung verändert
die raumtemperatur ich
stehe unter einer dusche
und meine haut gewöhnt
sich an die kälte des wassers
braunes wasser wie lang
muss es fliessen bis es
klar wird ich könnte mich

in meinen mantel gehüllt
in die badewanne legen
die fussleisten heraus
brechen und sie in der
mitte des zimmers
verbrennen dein brief
zerrissen zwischen den
holzscheiten bis das feuer
die kälte deiner worte
überschreibt es zieht
wie kann man in dieser
wohnung leben in diesem
zug ein leben lang
oder warst du
unempfindlich gegen die kälte
war dir der schnee ein versprechen
das nicht enttäuscht weil er
der schnee
alles gleich macht weil nichts
ihn aufhalten kann weil er
keinen fehler kennt weil er
den atem sichtbar macht
liebtest du den tau auf dem
grashalm oder die traube im

frost war die natur dir eine
gewalt ein glück oder nichts
als eine idee könnte ich dich
doch aus worten wie eine
wirbelsäule zusammenfügen
die deinen körper trägt
und meinen aber
vielleicht bist du nicht tot
und du rufst mich an
jetzt mein sohn bist du
schon in meiner wohnung
öffne den schrank
lass die rollläden herunter
die nachbarn werden
dich beobachten ich
weiss es regnet zünde
ein streichholz an oder
suche das feuerzeug in
deinem sakko du hast es
nicht verloren es ist
in deiner rechten tasche
du darfst
hier rauchen asche
auf den teppich verfolge

die asche
wie sie auf den boden
ich weiss nicht
was er wirklich
sagen würde mein vater
wenn er anriefe
er würde mich
nicht fragen wie es mir
geht mein sohn wie geht
es dir darf ich mich ihnen
vorstellen ich bin ihr vater
würde nicht fragen warum
ich hier
bin kein wort der
entschuldigung keine
erklärung kein stammeln
am anfang kein suchen
nach dem richtigen tonfall
nein ein freundlicher
befehlston bestimmt
sehr bestimmt klare
anweisungen an einen
unbekannten den
unbekannten sohn

oder alles ist eine falle
eine verschwörungstheorie
ja eine falle ein scherz
ich bin naiv
als sohn muss ich naiv
sein nur der naive
überlebt den realismus der
väter nur der naive behauptet
seinen traum gegen die
traumlosigkeit
nein er ist
tot ich fühle es
aber er gibt den stab
auch nach dem tod
nicht aus der hand
kontrolliert die abläufe
meiner gedanken die
temperatur auf meiner
stirn den knoten in meinem
kehlkopf er will in mir
fortleben sich ein neues
gesicht ausleihen für die
zukunft meine zukunft
seine narben

glatt streichen auf meiner
haut
bitte verbinden sie mich
sagen sie gibt es noch
eine spätere maschine
ausgebucht
setzen sie mich auf die
warteliste am ende
muss ich hier noch
übernachten
die hotels ausgebucht
die flüge voll
über den strassen
das gewitter und mein vater
erscheint mir als geist wie
weit ist es bis zur nächsten
grenze
die grösste deutsche tugend
der neid der vater
erfindet ikarus ein flügelpaar
der neid klebt auf seine
schulterblätter federn
leichter als die luft der neid
nachempfunden den schwingen

der vögel der neid das wachs tropft
von der kerze in der hand
des vaters der neid auf die haut des
sohnes den er zur sonne schickt
denn nur dort ist sein platz
wo das wachs schmilzt die
flügel von den schultern
fallen wo die wolken keine
kraft haben ihn zu halten
kein arm ihn auffängt die
schönheit ist der fall
der rest wird entsorgt meine
schuhe drücken mich ich
werde sie ausziehen nur
noch ein paar minuten
dann gehe ich
vor den vätern sterben
die söhne
also lebst du und ich
was ist mit mir
mein vater ist eine fiktion
ich kann ihn nur als eine
fiktion denken als etwas
ausgedachtes einen

phantomschmerz
wie kann man denken
man könnte seine
vergangenheit mit
einem wort bewältigen
aber vielleicht
seh auch ich vor lauter
vergangenheit die
gegenwart nicht die
undeutscheste aller zeiten
und vielleicht ist längst alles
anders du wirst mich fragen wie
kannst du über deutschland
sprechen ohne deutschland
zu denken wie ein teil deines
blutkreislaufs es ist wie ein
körper der sich permanent
erneuert und neu erfindet
es ist wie ein mensch der
alle sieben jahre ein anderer
ist auch wenn die farbe seiner
augen gleich bleibt seine
zunge gewöhnt sich an
worte die sie vorher nicht

kannte sein gaumen prüft
einen geschmack der ihm
fremd war bislang seine
hände berühren dinge die
sie sich ertasten müssen wie ein
blinder seine wege durch
einen neue wohnung dieses
land verändert sich wie ein
mensch der sich treu bleibt
treu in der veränderung treu
seinen metamorphosen treu
den metastasen in seiner
lunge dem fieber hinter den
augen treu seinen traditionen
im angesicht ihres verschwindens
hast du dich nie gefragt was
soll ich mich gefragt haben
gefragt ob dieses land das
du nur kennst als die zeilen
unter deiner sprache das du
nur kennst als eine summe
von punkten auf deinem
bildschirm als eine erzählung
aus der fremde einen reflex

deiner erinnerung
hast du dich wirklich nie
gefragt ob dieses land noch
existiert ist deutschland
nicht längst nur noch ein
wort und das was es
benennt verschwunden
hinter der welt wie sie
überall ist fliesst durch die
flüsse nicht nur wasser
und der himmel über den
dächern ist blau und der
konsum die sprache die
wir alle sprechen schwitzen
die männer nicht unter
ihren hemden im sommer
werden nicht die dinge
die wir kennen überall
mehr und das was den
unterschied macht ist nur
im abschied begreifbar
this is not america
aber ist es deutschland
ja es ist deutschland und

selbst wenn es vergleichbar
wird und vergleichbarer
so bleibt doch das
unvergleichbare das
das vergleichbare erst
kenntlich macht
vielleicht hat dein
land sich von dir
verabschiedet vater
ohne dir einen brief zu
hinterlassen du hättest den
abschied mit deinen eigenen
augen sehen können
und in meinen augen ziehen
die sehnerven die wände
deiner wohnung nach spulen
sich um den schrank der
noch immer hier steht ich
kam um zu vergessen was
ich nie wusste dass meine
geschichte einen ort hat an
dem alles begann dass meine
kleider den geruch deiner
gegenstände annehmen

wie einen fremden atem
der sich beim reden mit
dem eigenen mischt ich
gehe durch diese zimmer
nach dem schrittmuster
deiner wege das gehen
beruhigt mich jeden
quadratzentimeter ergehe
ich mir jede fliese habe
ich berührt ich habe die
steckdosen gezählt und
ein zweites mal die
wohnung leer geräumt
nachdem ich mir alles
vorgestellt habe aber
erst jetzt erinnere
ich mich an all das
was ich sah in deinem land
als ich kam ohne zurück
kommen zu wollen
sind das eure kinder
sind all eure
kinder so schön schön
wie aus einem schnittmuster

nein ich habe auch
andere kinder gesehen
solche denen man es ansieht
dass ihr euch immer für
alles mehr interessiert habt
als für eure kinder die
kinder der revolution
leiden an fresssucht
magern sich zu tode
passen sich an bis zur
unkenntlichkeit und
erklären sich solidarisch
mit der beliebigkeit
ihre träume sind käuflich
ihre utopie ist von eurer
verschont zu bleiben sie
reisen nach kuba vietnam
just for fun sie tragen
t-shirts mit den zeichen
eures kampfes und kämpfen
nur damit ob die farbe
harmoniert mit den streifen
ihrer schuhe dem lidstrich
unter den augen die insignien

eurer rebellion sind nichts
als schicke labels für ihre
plastiktaschen
ihre logik heisst logo
und die logistik ihres aufstands
ist gespeichert auf dem
magnetstreifen ihrer kreditkarten
ist das unser protest die
oberfläche auf der tiefe
eurer gedanken die
zeichen zu löschen durch
ihre sichtbarkeit die
vervielfältigung eurer
einzigartigkeit als massenware
ihr habt die jugend eure
jugend monopolisiert
niemand ist so jung wie
ihr und deshalb hasst ihr
die jungen uns und werdet
wie eure väter ohne dass
ihr es merkt auch wenn
ihr andere worte habt euch
kleidet wie wir uns kleiden
eure tarnung sind wir und

deshalb erkennen wir euch
nicht und müssen euch erst
in uns finden bevor ein
neuer kampf beginnt
und ist es der kampf der
uns die nähe ermöglicht
immer wieder nur der
kampf
vater du wärst sicher
stolz würde dein sohn stolz
sein auf dieses land dessen
stolz immer die erniederung
des anderen war die hoch
getragene stirn der
gebeugte rücken des fremden
ich könnte nur stolz sein
wenn dieses land ein teil
von mir wäre und ich ein
teil von ihm wärst du stolz
auf mich auf dieses
possessivpronomen mein
mein sohn mein eigen
fleisch und blut mein land
mein grundstück mein haus

meine strasse in der sie
brennen in der sie geschlagen
werden raus an den rand
gedrängt vom bürgersteig
geschoben geschnitten
übersehen ignoriert
verachtet missachtet
geächtet du hast hier nichts
verloren
jetzt habe ich meinen flug
verpasst
könnte ich doch die ganze nacht
mit dir reden wäre es wie
damals mit den freunden
wenn wir uns im garten
um die abziehbilder
geprügelt haben dann
sässen wir jetzt hier
mit aufgeschlagenen knien
und könnten zusammen
lachen auch wenn es wehtut
oder wir könnten hier sitzen
auf zwei stühlen einander
gegenüber und schweigen

vor den worten mit den
augen erzählen was war
bis wir uns über das wetter
unterhalten die sonne tief
im westen das erste fahrrad
das du mir geschenkt hast
du hast mir nie ein fahrrad
geschenkt nie mit mir einen
drachen steigen lassen nie
mir von den nibelungen
erzählt vom lindenblatt auf
der schulter von siegfried
siegfried dem helden
ich liebe helden
nur wenn sie verwundbar
sind durch liebe warum
hast du mir nie gesagt
wie man ein mädchen küsst
wann man ihr sagt
ich liebe dich hätte ich
dir meine erste freundin
vorgestellt hätten wir nervös
am rand der couch gesessen
was werde ich mit diesem

zimmer diesem schrank
machen werde ich alles
verkaufen
und einfach vergessen
alles vergessen vergessen
dass ich hier war
und diese wohnung
der zeit überlassen dem
schimmel dem staub
warum sind uns die
die wir lieben
immer dann so nah
wie nie
wenn sie fern von uns sind
ich geh jetzt ich weiss
nicht wohin auf die
strasse vielleicht
der regen
hat aufgehört ich
schreibe dir meine
nummer auf den
schrank vielleicht
komme ich zurück
soll ich die tür

abschliessen
als ich an das kind
auf der treppe
dachte fiel mir ein
spiel ein das wir als
kinder spielten
spielst du es mit mir
zum abschied es ist
ganz einfach ich
sehe etwas das du
nicht siehst und das
bin ich
such mich
kalt

Black

40 Jahre edition suhrkamp
Das Jubiläumsprogramm

Kleine Geschichte der edition suhrkamp. Redaktion Raimund Fellinger. Mit Abbildungen. Sonderdruck edition suhrkamp. 96 Seiten

15 neue Bände ...

Giorgio Agamben. Das Offene. Der Mensch und das Tier. Aus dem Italienischen von Stefan Monhardt. es 2441. 120 Seiten

Juri Andruchowytsch. Das letzte Territorium. Essays. Aus dem Ukrainischen von Alois Woldan. es 2446. 150 Seiten

Zygmunt Bauman. Flüchtige Moderne. Aus dem Englischen von Reinhard Kreissl. es 2447. 280 Seiten

Ulla Berkéwicz. Hanauer Gefühle. Ein Essay. es 2445. 90 Seiten

László Darvasi. Eine Frau besorgen. Kriegsgeschichten. Aus dem Ungarischen von Terézia Mora und Agnes Relle. es 2448. 200 Seiten

Jacques Derrida. Die Stimme und das Phänomen. Einführung in das Problem des Zeichens in der Phänomenologie Husserls. Aus dem Französischen von Hans-Dieter Gondek. es 2440. 120 Seiten

Hans Magnus Enzensberger. Nomaden im Regal. Essays. es 2443. 150 Seiten

NF342/1/02.03

Durs Grünbein. Warum schriftlos leben. Aufsätze. es 2435. 150 Seiten

Jürgen Habermas. Zeitdiagnosen. Zwölf Essays 1980-2001. es 2439. 200 Seiten

Iris Hanika. Das Loch im Brot. es 2438. 120 Seiten

Ted Honderich. Nach dem Terror. Ein Traktat. Aus dem Englischen von Eva Gilmer. es 2437. 170 Seiten

Friederike Mayröcker. Die kommunizierenden Gefäße. es 2444. 100 Seiten

Cees Nooteboom. Paris, Mai 1968. Aus dem Niederländischen von Helga van Beuningen. Mit Fotos von Eddy Posthuma de Boer. es 2434. 80 Seiten

Albert Ostermaier. Vatersprache. es 2436. 70 Seiten

Josef Winkler. Leichnam, seine Familie belauernd. es 2442. 100 Seiten

... und 15 Bände, die immer neu sind

Theodor W. Adorno. Eingriffe. Neun kritische Modelle. es 2430. 172 Seiten

Roland Barthes. Mythen des Alltags. Aus dem Französischen von Helmut Scheffel. es 2425. 152 Seiten

Ulrich Beck. Risikogesellschaft. Auf dem Weg in eine andere Moderne. es 2432. 392 Seiten

NF342/2/02.03

Samuel Beckett. Warten auf Godot. En attendant Godot. Waiting for Godot. Deutsche Übertragung von Elmar Tophoven. es 2419. 245 Seiten

Walter Benjamin. Das Kunstwerk im Zeitalter seiner technischen Reproduzierbarkeit. Drei Studien zur Kunstsoziologie. es 2424. 169 Seiten

Thomas Bernhard. Amras. es 2421. 99 Seiten

Silvia Bovenschen. Die imaginierte Weiblichkeit. es 2431. 280 Seiten

Judith Butler. Das Unbehagen der Geschlechter. Aus dem Amerikanischen von Kathrina Menke. es 2433. 237 Seiten

Norbert Gstrein. Einer. Erzählung. es 2423. 118 Seiten

Peter Handke. Die Innenwelt der Außenwelt der Innenwelt. es 2422. 152 Seiten

Uwe Johnson. Begleitumstände. Frankfurter Vorlesungen. es 2426. 454 Seiten

Thomas Rosenlöcher. Ostgezeter. Beiträge zur Schimpfkultur. es 2428. 179 Seiten

Peter Sloterdijk. Kritik der zynischen Vernunft. es 2427. 960 Seiten

Peter Weiss. Abschied von den Eltern. Erzählung. es 2420. 146 Seiten

Ludwig Wittgenstein. Tractatus logico-philosophicus. Textkritisch revidierte Ausgabe. es 2429. 120 Seiten

NF342/3/02.03